LES NUMÉROS PARISIENS,

OUVRAGE utile et nécessaire aux voyageurs à Paris.

Il n'est pas nécessaire d'être opulent pour être véridique. . . . .

Par M. D*****.

A PARIS,
De l'Imprimerie de la Vérité.

M. DCC. LXXXVIII.

8° Z. Le Senne. 6498

A UN HABITANT

DE LA CAMPAGNE.

Si les plaisirs de la nature n'ont plus de charmes pour toi ; si les beautés de la campagne te sont indifférentes, quitte pour un instant les travaux de l'agriculture, viens visiter les habitans de la capitale. Le luxe qui regne à Paris t'étonnera, mais ne t'empêchera pas de frémir à l'aspect de la misere qui accable la plus grande partie des habitans. Tu seras d'abord surpris, tu jouiras ensuite; l'ennui te saisira bientôt, ton premier état te reviendra plus cher, et tu rejoindra tes foyers.

ÉPITRE DÉDICATOIRE.

En visitant Paris, tu auras plus d'une fois besoin de mentor; accepte cet ouvrage, puisse-t-il te servir de préservatif! Ne t'écarte pas de la route qu'il va te tracer, par ce moyen tu n'auras point à te plaindre des maux de la capitale. Voilà le but que se propose l'ami des hommes.

L'AUTEUR.

PREFACE.

PARIS est comme le centre de l'univers : on quitte les villes, on déserte les campagnes pour se rendre dans cette capitale immense. C'est la rage de presque tous les peuples, c'est la folie des hommes. On vient chercher à Paris des plaisirs, des connoissances, des sciences et des richesses, il y en a bien peu qui atteignent au but ; la plupart est bientôt victime de sa crédulité.

CET ouvrage n'a été enfanté que dans le dessein de soustraire un grand nombre de personnes, aux fraudes infinies dont on est presque toujours la dupe à Paris. L'auteur du Tableau de Paris a sans doute eu les mêmes vues, son ouvrage est celui d'un citoyen zélé, ce livre fait honneur à son caractere ; mais M. *Mercier* n'est-il pas un peu trop misanthrope ? C'est ce que je laisse à la décision du lecteur. De plus, le Tableau de Paris embrasse la description générale de la capitale ; mon ouvrage à un autre but, je traite une autre matiere. C'est ici le plan de la conduite que doit tenir un étranger, un Parisien même, pour n'être pas trompé dans les articles du premier besoin, ainsi que dans d'autres circonstances.

On ne doit pas s'attendre à y trouver de ces exclamations philosophiques si à la mode. . . Ce manuel est à l'usage de tout le monde, c'est un livre de commerce. La vérité y est seule de nécessité, j'écris pour instruire plus que pour critiquer des abus. Je veux et je dois être utile.

Le titre de ce livre est plus analogue qu'on ne pense, à la matiere que je traite. Je l'appelle les *Numéros Parisiens*, parce que les escrocs disent d'une personne qu'ils n'ont pu duper, *celui-là sait le numéro* (*), *il n'y a rien à faire.* Voilà donc la science des numéros, elle est contenue dans ce petit ouvrage.

J'AI commencé par les articles les plus nécessaires. Les premiers numéros dévoilent les brigandages des gens chargés de distribuer les objets de premiere nécessité. Ce plan me conduit à traiter de toutes les especes de commerce. Je ne me suis pas contenté de parler des filouteries de tout genre; j'ai cru devoir donner une idée des ressources

(*) Il est vrai que c'est une façon de parler très-usitée à Paris, parmi les joueurs et autres chevaliers d'industrie; mais la dénomination de cet ouvrage vient plutôt de ce qu'il est divisé par numéro, que de toute autre chose.

qu'un étranger peut trouver à Paris ; c'est ce qui ne contribue pas le moins à rendre cet ouvrage utile. N'étant pas aussi volumineux que le *Tableau de Paris*, ce livre pourra se trouver dans les mains de tout le monde. On me dira, sans doute, que je ne dis rien de nouveau, et qu'un homme qui a resté deux ou trois mois à Paris, en sait tout autant que ce qui est contenu dans cet ouvrage ; je réponds à cela, que le livre n'en est pas moins utile, puisqu'on lui donne la valeur de deux ou trois mois de pension.

LES

LES NUMÉROS PARISIENS,

OUVRAGE utile et nécessaire pour les voyageurs à Paris.

N°. I.

Marchands de Vin.

RIEN n'est plus à craindre que l'usage du vin frelaté. Cependant les marchands de cette liqueur la distribuent rarement à Paris sans l'avoir passée par l'*étamine de l'art*. Les plus honnêtes sont les moins meurtriers.

CE qu'il y a de surprenant, c'est que le

vin a le même goût chez tous les marchands de vin de Paris : on diroit qu'ils ont un tarif pour en régler les ingrédiens, ou qu'ils le tirent tous de la même vigne. Dans la plus petite ville de province, on trouve chez tous les particuliers et aubergistes des vins qui différent par la couleur et par le goût, à Paris ce n'est qu'un même vin.

HEUREUSEMENT que la chymie fournit des moyens pour reconnoître dans cette boisson quelques-uns des mélanges qui la rendent pernicieuse. Il y a des especees de fraude qui n'attaquent que la bourse des particuliers, mais quelques marchands de vin commettent des brigandages qui attaquent la santé et la vie des citoyens. Ceux, par exemple, qui travaillent (*) leurs vins avec le plomb, et ses préparations donnent

(*) A Paris c'est un terme reçu, on dit travailler le vin, et cela, parce qu'on croit qu'il ne seroit pas possible de le boire tel que le donne la nature.

lieu aux accidens les plus fâcheux : ils n'échapperoient cependant pas à la juste rigueur des loix, si l'on vouloit se donner la peine d'analyser la liqueur.

On peut, par l'expérience suivante, se convaincre si l'on a mêlé de la litharge avec le vin. Versez sur le vin qu'on soupçonnera être frelaté, une dissolution de foie de souffre arsenical : si ce vin contient de la litharge, il noircit, au lieu que celui qui n'en contient pas se trouble sans changer de couleur, il reste toujours rouge. On peut aussi, pour connoître la même fraude, verser de l'acide marin dans un verre, la litharge se précipitera bientôt sous la forme d'un sel métallique semblable à la lune cornée.

Il y a des marchands qui font du vin à Paris avec une certaine quantité de vinaigre, et de l'eau dans laquelle on a fait bouillir du bois de teinture : cette boisson est souvent celle des guinguettes, mais on la donne à très-bas prix, en persuadant cependant au crapuleux altéré que c'est du vin des vignerons qui sont aux environs de Paris. Cette fraude n'est pas meurtriere, mais c'est toujours une fraude.

TOUS les vins de Paris sont un mêlange de vin de *Roussillon* et de celui d'Orléans; les marchands les plus honnêtes s'en tiennent à cet amalgame; je crois cette manœuvre sans danger, mais pourquoi vendre un tel vin pour du Bourgogne? On ne boit jamais à Paris du vin sans eau, ce n'est peut-être pas un mal pour les ivrognes, mais le marchand a-t-il le droit de faire ce mêlange à la cave et sans consulter le buveur? (*)

ON travaille les vins blancs avec du

(*) Tous les marchands de vin en ont à dix, à douze et à quinze sols: le plus souvent tous ces vins ne sont qu'un, il n'y a que le plus ou moins d'eau qui en fait la différence.

cidre ou de la poirée : on l'aiguise avec de l'eau-de-vie, le bouchon saute, la liqueur fume, et le badaud croit savourer du Champagne. Les cabaretiers ont du vin à tout prix, mais il n'y en a point qui soit à bon marché. Dans Paris on en trouve depuis huit sols jusqu'à un louis : à *Vaugirard* on peut en boire à six liards, c'est là que le malheureux va puiser le germe d'une infinité de maladies, en croyant ne faire que s'étourdir sur ses peines et ses travaux.

Le brigandage des marchands de vin prend sans doute sa source dans le nombre des impôts dont ils sont surchargés. Un marchand qui paie mille ou douze cent livres de loyer de boutique, qui est obligé de tenir des garçons, qui paie le vin neuf ou dix sols la pinte en comptant les droits d'entrée, qui est chargé de capitation, d'industrie, de vingtieme, &c. &c. &c. feroit de mauvaises affaires, s'il n'écoutoit que la voix de la probité ! Les alimens de premiere nécessité demanderoient une grande réforme ; cette réforme étant faite, le marchand qui seroit pris en fraude, mériteroit alors de tomber sous les coups de la justice.

La biere est la boisson la plus saine que l'on boive à Paris, mais quoiqu'elle ne coûte que six sols la bouteille, elle revient plus chere que le vin, parce qu'on en boit en plus grande quantité et sans eau.

Il y a à Paris un marché pour le vin, c'est là où les cabaretiers vont faire leur provision. Ceux qui peuvent l'acheter là ont moins de fraude à craindre. Cette ressource ne peut pas être celle du peuple qui n'a jamais assez d'avance. . . Voilà comme le malheureux paie tout plus cher, quoiqu'il n'ait que du mauvais.

❧

N°. II.

Boulangers.

ON mange de très-beau pain à Paris. Quoiqu'il y soit taxé, les boulangers s'autorisent presque toujours à le vendre quelque chose de plus, mais ils n'exercent gueres cette vexation que sur l'ouvrier et le bas peuple qui n'a pas de tems à perdre pour courir chez le commissaire et autres préposés : ils n'iront pas sacrifier leur journée pour se plaindre de deux ou trois liards qu'on leur dérobe.

LES boulangers gagnent beaucoup sur le poids, on les met quelquefois à l'amende, avec confiscation de marchandise ; cependant cette fraude est presque générale : celui qui est pris recommence son brigandage pour cicatriser la plaie. (*)

(*) S'il se commet quelques fraudes à

Ce commerce est sans doute susceptible de fraude dans le mélange des farines, ou en y ajoutant des matieres étrangeres; mais cela n'arrive pas à Paris. Si les gens de province, qui s'y rendent pour y travailler, sont souvent incommodés par cette nourriture, ces accidens ne viennent pas de la qualité du pain, mais de ce que l'ouvrier, n'en ayant jamais trouvé d'aussi beau, veut en faire sa seule nourriture, et en ressent bientôt des effets fâcheux. Les hôpitaux sont souvent pleins de pauvres malheureux malades à la suite d'un indigestion de pain.

[Paris, ce n'est sans doute pas de la faute des administrateurs de la police. Il n'y a pas de pays où cette partie du gouvernement soit mieux soignée qu'à Paris. Ce n'est que par hasard que les escrocs de tout genre échappent aux yeux vigilans de la police.

N°. III.

Traiteurs.

À Paris, on dîne à tout prix ; depuis le financier jusqu'au décroteur, chacun trouve à satisfaire son appétit suivant sa bourse. Le *restaurateur* donne du bon qu'on paie fort cher : le *gargotier* vend à bas prix, parce que son potage n'est pas ragoûtant. Il y a peu de pays où l'ouvrier puisse se nourrir à meilleur marché qu'à Paris ; on y trouve à manger à toute heure et à tout prix. Dans presque tous ces endroits le prix du repas est fixé : il y a des traiteurs qui prennent vingt-quatre sols par portion, d'autres douze, d'autres six, d'autres trois, enfin on en trouve à deux sols. Il y a cependant de certains plats qui ont une place particuliere sur la feuille, et que le gourmand paie suivant la saison ou la mode. (*)

(*) Oui la mode. Il y a des mets dont il

Tous ceux qui donnent à manger ont toujours l'attention de tenir sur la table une feuille où sont enrégistrés tous les mets qu'ils ont à offrir aux convives; ainsi à mesure que la feuille passe de mains en mains, on entend crier, *potage aux choux*, *bouilli entrelardé*, *fèves de marais*, &c, &c.

---

faut avoir mangé pour être une personne comme il faut : il y en a d'autres qu'on ne citeroit pas sans se déshonorer. Chacun a son ton et son allure.

N°. IV.

Rôtisseurs.

La broche est toujours mise à Paris; la plupart des pâtissiers sont aussi rôtisseurs. Poulardes, pigeons, on en trouve à toute heure & qui sont tout chauds : il est vrai qu'il y en a qui retournent à la broche ou au four plus d'une fois.

Le four des pâtissiers est toujours prêt à recevoir le souper de ceux qui ne peuvent pas faire de cuisine à la maison. Outre le prix qu'on leur donne pour cela, les pâtissiers ont soin de dégraisser le gigot; cependant il y a un moyen sûr de les en empêcher, on n'a qu'à mettre de l'ail dans le plat qu'on porte au four, comme c'est un végétal qui n'est pas de mode à Paris, les pâtissiers se gardent bien d'y toucher. (*)

(*) Cette ressource ne peut être que pour

N°. V.

La Guinguette.

LE bas peuple va tous les dimanches à la guinguette : c'est ainsi qu'on appelle différens cabarets situés hors des barrieres. Le vin y est toujours très-mauvais; mais comme on le paie moins que dans la ville, et que la mesure y est plus grande, le journalier court s'y abreuver de la plus pernicieuse boisson.

COMME on danse tous les jours de fête dans ces cabarets; les laquais viennent y étaler leurs graces, et courtiser des dan-

---

ceux qui aiment l'*ail*; mais pourquoi n'en mange-t-on pas à Paris, pour se préserver des odeurs contagieuses dont on eſt infecté dans pluſieurs quartiers ? . . . L'ail ſert de thériaque aux Provençaux & à beaucoup d'autres. Les médecins de Paris devroient prôner l'uſage & les vertus de ce végétal.

seuses qui ne sont gueres autre chose que des échappées de la Salpétriere.

CES marchands de vin sont aussi traiteurs, mais leurs ragoûts ne sont jamais bons; tantôt on vous sert un chat pour un lapin, quelquefois la chair d'*âne* y est servie et payée sans que l'acheteur s'en méfie; enfin tout y est sale et répugnant. On commet, dans quelques-uns de ces endroits, un brigandage bien infame, c'est au sujet des fritures de petits poissons. Lorsqu'un Parisien veut se régaler, (*) il court manger une friture de *goujons* chez *Jerôme*. (Pierre, Jaques ou Jerôme, le nom est peut-être idéal, et ne fait rien à la chose.) Les gou-

---

(*) Le bas peuple n'est pas le seul qui coure dévorer ces fritures : on y voit de bons bourgeois & plus encore. La manœuvre dont je vais parler n'est peut-être plus en usage; je ne peux pas croire à un brigandage si odieux : il me répugne même de l'écrire, et j'aime à croire que ce n'est qu'une fable.

jons qu'on donne là ne sont autre chose que ce qu'on appelle communément du poisson blanc; avant de le mettre en friture, le cabaretier en a déja tiré un gros profit, et voici comment. Ces marchands ont dans leur maison un endroit secret où l'on fait pourrir ce poisson dans l'*urine* pendant vingt-quatre heures; par cette manœuvre on en retire l'écaille que cette opération rend susceptible de devenir un objet de commerce, (elle sert, dit-on, pour faire une espece de perles) ensuite, comme on ne veut rien perdre, on fait frire, et l'on vend ce poisson pourri. Cela paroît incroyable, et a jusqu'à présent échappé à la vigilance des loix.

N°. VI.

Filouterie de tout genre.

LE besoin rend l'homme industrieux, mais l'oisiveté n'en fait que trop souvent un voleur.

IL est bien difficile de n'être pas dupé à Paris, au moins une fois dans sa vie ; cette capitale ressemble aux autres grandes villes ; il y a des filoux dans tous les genres. Si l'on faisoit un dictionnaire de filouterie, l'étranger y apprendroit sans doute à se défendre des attaques, mais je crains d'un autre côté que le livre ne fût aussi le *rudiment* et le *manuel* des jeunes vauriens. L'unique ressource est donc celle de se méfier de tout le monde, de n'être pas trop prompt à se faire des amis, de ne s'embarrasser dans la foule qu'après avoir bien calfeutré toutes ses poches.

L'ART de la filouterie, (il faut être bon escamoteur, sérieux imposteur, &c. une chose qui exige tant de talens doit être un art. Les filoux forment un corps entr'eux, ce corps députe les membres les plus instruits dans les provinces et les villes les plus éloignées pour tirer des impôts *tacites* qui servent à alimenter la compagnie.) ne s'étend pas seulement sur le vol des montres et des tabatieres, il embrasse tout. Souvent un filou ne se donne pas la peine de mettre la main dans vos poches pour avoir votre argent, il sait par son adresse et sous de faux prétextes, vous mettre au point de lui prêter votre bourse.

J'AI vu un genre de filouterie bien singulier. Des escrocs se rendent *au Mont de Piété* dans la salle où l'on retire les effets engagés : ils y trouvent beaucoup de personne qui ne savent pas lire, et qui par conséquent ont besoin de montrer leurs billets à d'autres pour s'instruire de leur numéro

numéro et se présenter au crieur (*); ces filoux tiennent un faux billet à leur main, et dans le moment qu'on les prie de lire un bon billet, ils substituent l'un à l'autre, et se mêlant ensuite dans la foule, ils ont au tour fixé l'effet qui porte le numéro du billet volé. J'ai vu un de ces filoux qui fut pris sur le fait.

On ne sauroit trop être en garde contre les

(*) Pour faire entendre la manœuvre de ce brigandage, il est important de dire au Lecteur que lorsqu'on va retirer un effet au Mont de Piété, on passe dans un bureau où l'on donne la somme prêtée, là on délivre un petit billet sur lequel est le numéro de l'effet et du tour qu'on a à l'égard des autres particuliers, c'est-à-dire, si l'on est le premier à donner de l'argent, on vous donne un billet marqué du numéro un, ainsi de suite. Lorsqu'on a payé dans ce bureau, on passe dans une grande salle, où sont des crieurs qui appellent les gens par leur numéro, et qui leurs rendent l'effet engagé. Si on laisse passer son tour, on devient le dernier.

BIBLIOTHÈQUE NATIONALE R.F.

escrocs de tout genre, ils ont une infinité d'appas à tendre à la bonne-foi, et la prudence la mieux entendue ne sait pas toujours leurs échapper. Il est inutile de détailler toutes les especes de fourberies qu'on a employé jusqu'ici : on me taxeroit peut-être d'avoir voulu faire des écoliers en ce genre; de plus les filoux changent tous les jours leur maniere de *travailler*, leur génie actif fait sans cesse de nouvelles découvertes.

N°. VII.

Chevaliers d'industrie.

Ce terme est un peu plus doux à la bouche que celui d'escroc, cependant je les crois synonymes. Les filoux de ce genre échappent à la vengeance des loix comme voleurs, on ne les renferme que comme *prisonniers pour dette*. Les chevaliers d'industrie ne prennent pas dans la poche d'autrui, ils empruntent de tout côté, mais celui qui contracte une dette dans l'intention de ne pas l'acquitter, est à coup sûr un frippon.

Ils mettent le sexe à contribution. Sous des noms faux et brillans, ils s'érigent en protecteurs, et trompent, en les ruinant, les innocens *nouveaux débarqués*. On trouve des chevaliers d'industrie dans tous les cafés, ils peuvent mettre un honnête homme dans des affaires très-graves: on en a vu et l'on en voit tous les jours plus d'un exemple.

N°. VIII.

Industrie réelle.

ON vit à Paris, pour peu qu'on soit industrieux. Il y a des genres de commerce qui ne sont bons qu'à Paris. Il y a, par exemple, des gens qui n'ont d'autre métier que celui de souffler de la bouillie dans la gorge des pigeons (*). Qu'on soit bon ou mauvais artiste, on tire toujours parti de son degré de talent. N'a-t-on pas d'état? on s'en fait un.

LE luxe, l'oisiveté des grands, font que beaucoup de gens gagnent de l'argent à Paris sans y avoir ce qu'on peut appeller un état. Le peintre n'est pas toujours celui qui gagne le plus sur son tableau; l'horloger livre une

---

(*) On voit tous les jours exécuter cette manœuvre sur le quai de la Vallée qui est le marché de la volaille.

montre à un prix qui va doubler dans les mains de l'industrie; un dessinateur adroit donne un nouveau dessin pour des boucles de souliers, l'orfèvre lui en fait cadeau d'une paire pour payer l'invention.

IL y a des gens qui n'ont pour tout état que celui de louer leurs mains à des auteurs *dramatiques*, on les paie, et le battoir va son train.

PLUSIEURS enseignent ce qu'ils ne savent pas, les écoliers n'en viennent pas moins, et l'on mange.

D'AUTRES courent les ventes, les encans, on les paie pour mettre des mises : enfin l'homme industrieux ne sauroit manquer de ressource à Paris.

N°. IX.

Les Blanchisseuses.

IL n'y a pas de pays où l'on blanchisse aussi mal le linge qu'à Paris. Les blanchisseuses de cette capitale ne suivent en aucune maniere les procédés qui sont d'usage dans les autres pays. La brosse, le battoir, un peu de *soude*, quelquefois de la chaux, et toujours de l'eau très-sale, voilà ce qui sert à faire la lessive des Parisiens.

IL est cependant très-sûr que cette maniere de blanchir le linge est beaucoup plus coûteuse que celle dont on se sert ailleurs; puisque les blanchisseuses de Paris rapent et abîment le linge. Il est étonnant qu'une femme aime mieux rester les bras croisés dans son ménage, que de se mettre, une fois la semaine, à savonner le linge de sa maison; mais il est du bon ton, même parmi le peuple, d'envoyer son petit paquet de linge au battoir.

No. X.

Fripperie.

C'EST un des plus grands commerces de Paris. Il y a la fripperie des habits, celle du linge, celle des meubles, celle des bijoux, celle des chapeaux, celle des gants, celle des souliers, &c... Quel brigandages !

UN pauvre diable arrive à Paris avec son gros habit de drap de province ; c'étoit sa mise du dimanche lorsqu'il habitoit son village ; mais dans la capitale, il auroit l'air d'un *grand-pere*. On court chez le frippier, là sont étalés des *fracs* de toutes les couleurs, garnis de boutons à la mode. . . . On les marchande, on donne le quart du prix que demande le frippier. . . . Quelquefois on fait un échange . . . et de façon ou d'autre, on est toujours pillé dans ces magasins.

UN poëte, un musicien, une fille, se

trouvent à la veille d'une grande fête sans avoir encore songés qu'ils sont sans chemise. On se hâte de se rendre chez les marchandes de ce genre : on demande des chemises de hazard.... On paie très-cher un chiffon de toile bien gommée qui, dans huit jours, n'offrira plus que des lambeaux de charpie.

CELUI qui peut se mettre dans ses meubles porte à Paris le titre de Bourgeois.... Bon Dieu! quel titre.... Pour s'en tirer à meilleur compte, on va faire son emplette à l'abbaye Saint Germain ; là des armoires, faites depuis deux siecles et rongées des vers, sont recouvertes d'un ciment coloré ; le nouveau bourgeois donne dans le paneau, et achete la commode ou l'armoire qui est rarement rendue au logis sans être couverte de cicatrices. Ces frippiers font payer très-cher des matelas qui sont d'une laine pourrie, pleine de poussiere et mélangée de poil de chien : la couture du matelas est défaite d'un ou de deux côtés, où on a eu soin de placer une poignée de bonne laine ; par

ce

ce stratagême l'acheteur paie pour bon un matelat qui ne pourra plus se carder dans le besoin.

On trouve, même sous les arcades du Palais-Royal, quelques petites boutiques où l'on vend des montres, des bagues, des bracelets, des boucles, des chaînes, le tout fait avec les métaux les plus précieux: tout cela est de *hasard*, l'acheteur n'a que peu ou point de façon à payer; mais la petite marchande manie toujours la balance de façon à trouver plus que son compte.

Sous le Châtelet, le long du quai de la Mégisserie, on voit des chapeliers qui étalent des vieux chapeaux, à qui on a donné un tel apprêt, qu'un pauvre diable d'*auteur* ne balance pas d'en offrir le prix qu'on lui demande. Ces chapeaux craignent l'eau et le soleil; comme ils ne sont que de pieces et morceaux colés, celui qui en a fait l'emplette, et qui se trouve surpris par une grande pluie, n'a plus que la moitié ou le quart d'une calotte sur la tête lorsqu'il rentre chez lui. Les marchands de chapeau de ce genre font courir leurs femmes dans tous les quartiers de Paris pour empletter des vieux chapeaux ; et quelque délabrée que soit la marchandise, lorsqu'elle entre dans cette fabrique, on ne tarde pas d'en tirer un parti très-avantageux.

A-T-ON besoin d'une paire de gants ? comme cette marchandise est toujours fort chere chez les pelletiers, on trouve différentes petites boutiques où l'on vend des gants *de hasard :* il est vrai que l'acheteur peut quelquefois gagner la galle à ce marché ; mais un fat veut porter des gants dans la plus belle saison : ils sont sur-tout nécessaires à un garçon chauderonnier, lorsque grotesqüement endimanché il veut se donner *un ton de Palais Royal*.

PAUVRES poëtes ! écrivains publics ! clercs de procureurs ! comment feriez-vous, s'il falloit payer vos souliers six livres la paire ! Heureusement, il y a de grands magasins à la *Halle* et dans la rue de *la Calandre*, où l'on ne vend que des souliers qui, quoique vieux et très-vieux, ont cependant encore la forme d'un soulier, grace à l'adresse du savetier. Cette chaussure qu'on paie vingt sols, plus ou moins, ne peut quelquefois pas conduire l'acheteur chez lui; d'autres fois, elle dure la quinzaine. Celui qui n'a qu'une paire de souliers a une grande ressource à Paris, lorsqu'elle est trouée ou déchirée; car on entend à toute heure et dans toutes les rues des savetiers qui crient *souliers à raccommoder*: ils ont les outils nécessaires dans une hotte, et vont travailler chez le particulier qui a besoin de leur ministere.

La fripperie s'étend sur-tout; celui qui est forcé d'y avoir recours est à plaindre, parce qu'il faut qu'il retourne souvent à l'emplette; ainsi, quoiqu'il n'achete que sol par sol, sa dépense se monte plus haut au bout de l'année, que s'il avoit payé du neuf. Mais il y a tant de gens à Paris qui ne sont jamais dans le cas de pouvoir dépenser six francs.

N°. XI.

Marchands qui courent les rues.

QUOIQUE chaque état ait sa maîtrise, les rues de Paris sont toujours remplies de marchands qui ont leur boutique pendue au col ou colée sur les épaules. Les uns crient à douze sols, les autres à quatre, à deux, &c. et ce qu'ils vendent n'est autre chose que des rebus de magasin, qu'on estime pourtant au-dessus de leur valeur.

ON est presque toujours trompé par les marchands ambulans, sur-tout par ces juifs qui courent les promenades et les cafés avec des coupons d'étoffes sous leurs bras; s'ils donnent l'étoffe à bas prix, on est toujours sûr d'avoir, en revanche, de la bien mauvaise marchandise, ce sont des coquins qui surfont, au moins du triple, ce qu'ils vendent.

L'HOMME qui traverse les rues de Paris pour affaire est à chaque pas arrêté par des especes de marchands qui proposent une canne à vendre : si l'on en demande le prix, le marchand répond neuf livres, espérant qu'on n'osera pas lui offrir moins que vingt-quatre sols.

D'AUTRES fois c'est un enfant ou une femme qui vous tire à quartier pour vous dire qu'il vient de trouver une bague de prix ; mais il ajoute que le besoin le force à la donner pour une somme modique. Ce bijou de cuivre qui joue l'or et le diamant ne vaut finalement que quinze sols.

SUR les trottoirs du Pont-Neuf, on rencontre des personnes qui vous proposent une paire de bas de soie *à bon compte*. Le prix qu'y mettent ces marchands voltigeurs étonne les passans, on croit trouver une bonne occasion, et sans se donner la peine d'y regarder de près, on donne son petit écu, on empoche la paire de bas qui ne séra, quand l'acheteur la visitera chez lui, que deux moitiés de bas cousues l'une contre l'autre.

LES marchands de parasol voltigent aussi çà et là ; ils vendent pour neuf des parasols dont le taffetas repassé dans la chaudiere du teinturier, fut pendant vingt ans un rideau ou une tapisserie. Le moindre coup de vent déchire les parasols de ce genre.

N°. XII.

Boutiques et Magasins.

L'ÉLÉGANCE d'une boutique, la grandeur d'un magasin, le luxe impertinent d'une marchande, la perruque (*) quarrée d'un négociant, ne doivent pas intimider celui qui se présente pour acheter : il faut se méfier de tout, ou plutôt il faudroit se connoître à tout.

(*) Il y auroit un singulier livre à faire sur les perruques : quoi de mieux inventé! sur-tout pour un chirurgien de vingt ans qui veut faire croire au public qu'il a quarante ans de pratique. A Paris il faut porter l'épée ou la perruque ; de toutes les especes de perruques, celle qu'on appelle *quarrée* est la plus conséquente, aussi est-ce celle des médecins, des huissiers, des carabins, et des marchands drapiers ; quant aux artisans, il n'y a que les sindycs de la communauté qui osent porter la perruque quarrée.

LES marchands drapiers les plus riches ménagent l'obscurité dans leur boutique, tout comme les juifs et les frippiers : on croit acheter un habit noir, il se trouve bleu lorsque le tailleur en a pris la mesure.

IL y a certainement beaucoup d'honnêtes commerçans, mais, comme je viens de le dire, il seroit quelquefois fort utile de se connoître à tout.

N°. XIII.

Limonnadiers.

Les maîtres des cafés portent à Paris le titre de limonnadier, je ne sais pourquoi on ne les nomme pas plutôt cafetiers, car la limonnade n'est pas la boisson dont ils fassent le plus grand débit ; mais le nom ne fait rien à la chose.

Les cafés sont le rendez-vous de plusieurs oisifs qui y passent toute la journée à promener des dominos sur une table. Un Parisien, qui calcule le jeu du domino, est regardé comme un être très-conséquent.

Il y a des cafés où les poëtes du *bas-étage* viennent faire applaudir leurs productions, et se déchaîner contre les journaux qui leur refusent une petite place dans l'article *poésie*.

Les boissons qui se débitent chez les limonnadiers, n'étant pas naturelles, sont toutes susceptibles de fraude. La limonnade sur-tout peut n'être qu'une eau sucrée rendue acide par le vitriol ; cette fraude peut certainement attaquer la santé. Les liqueurs, l'eau-de-vie, sont souvent aiguisées par le poivre long. L'orge brûlée supplée plus d'une fois au café. Cependant il y a un grand nombre de limonnadiers à Paris qui font leur commerce avec intégrité (*).

Dès qu'on a déjeûné deux jours de suite dans un café, on y a beaucoup d'amis, la

---

(*) En général, on prend du très mauvais café chez les limonnadiers de Paris ; ils vous donnent un mélange de café à l'eau et de mauvais lait, pour du café à la crême. Cela est moins de la faute des limonnadiers, que de celle des laitieres qui baptisent toujours le lait et la crême ; elles ont l'adresse d'y jetter de la farine pour y donner une certaine blancheur et un peu de consistance.

belle limonnadiere vous honore sur-tout de sa protection. Il est assez rare qu'on fasse de bonnes connoissances dans les cafés, mais il est très-ordinaire d'en faire de mauvaises... Il faut avoir de bons yeux et un juste discernement.

N°. XIV.

Femmes galantes.

CE mot ne rend pas entiérement le caractere et les mœurs des femmes dont je vais parler ; il est pourtant laché : eh bien ! passe pour *galantes* ; le lecteur changera l'épithete, s'il le juge à propos.

UN jeune homme de province, nouvellement arrivé à Paris, a été prévenu par ses parens ou ses amis, que les rues de Paris sont pleines de filles débauchées qui donnent la mort en vendant le plaisir ; il a bien écouté la leçon, il ne tombe pas dans le piege ; mais on ne lui avoit pas dit de se défier d'une autre classe de femmes qui ne sont pas moins dangereuses ; en affectant un air bourgeois, elles vous ruinent un homme aussi complétement que les filles de la rue Saint-Honoré.

N°. XV.

Filles prostituées.

Le libertinage réunit à Paris tout ce qui peut révolter l'homme sensé et raisonnable, et tous les appas propres à corrompre la jeunesse et l'innocence.

Il y a peu de rues, où quelques fenêtres ne soient décorées de deux ou trois têtes couvertes d'un chapeau garni de rubans; ces déités, à figure vernissée, font des mines à tous les passans, les appellent, les attirent chez elles, attrapent leur argent, et leur vendent quelques charmes et beaucoup de maladies.

Dès que la nuit jette son manteau lugubre sur la capitale, quelques rues présentent la plus singuliere décoration; les réverberes prêtent un éclat aux bijoux des bergeres qui tapissent toutes les portes; quelques-unes chantent, d'autres jurent, toutes racrochent. *ô tempora ! ô mores !*

L'IMBÉCILLE qui s'expose à partager la couche de ces monstres femelles, s'expose non-seulement à perdre une partie de sa bourse et de sa santé, mais encore à périr dans ces dédales affreux. Quelquefois des souteneurs infames sont postés en secret pour attendre l'instant de pillage.... Le jeune homme foible et crédule, s'oubliant dans une fausse volupté, se voit, hélas ! pris dans les pieges du crime. (*)

(*) Il est arrivé plus d'une fois qu'on a dépouillé et tué les coureurs de ces endroits infames.

N°. XVI.

Faiseurs de mariages.

LE commerce s'étend sur tout ; on propose un bon mariage à un garçon, à condition que l'entremetteur aura le vingt pour cent sur la dot : cela ne fait pas de bons mariages ; mais cela donne cours à l'argent, et c'est ce qu'on cherche à Paris.

D'AUTRES fois, on vend une protectrice à un jeune homme ; c'est la fille d'un suppôt des fermes, elle a des parens qui président à la distribution des places, elle est pauvre, à la vérité ; mais l'homme qu'elle épousera est sûr d'avoir un bon emploi.

LE pauvre provincial qui court après les places et l'argent donne dans le panneau : il achete la fille, croit à ce que lui disent des parens supposés, épouse, et s'apperçoit bientôt qu'il n'a pris pour femme qu'une misérable *catin.*

Ce commerce n'est plus bon à Paris, il y a trop de mariages de contrebande : on se prend, on se quitte, *liberté*, voilà la devise à la mode.

N°. XVII.

N°. XVII.

Protecteurs.

ARRIVEZ aujourd'hui à Paris, allez au café ou sous les arcades du Palais-Royal le lendemain, vous aurez au moins vingt protecteurs dans trois jours. Il n'y a pas de pays où l'on promette davantage : il y en a fort peu où l'on tienne moins sa parole.

VOUS trouvez un monsieur qui vous dit qu'il est chevalier ; vous répondez à ses politesses : il vous propose de vous introtroduire chez les grands, vous l'y suivez ; mais où vous conduira-t-il ? ..... Dans un bordel ou dans un coupe gorge. ....

CELA n'arrive pas toujours ; cependant prendre bien ses précautions, c'est le moyen le plus infaillible pour n'être pas trompé si souvent. Le luxe, les discours, la dépense, tout cela n'est pas un titre pour croire à la probité.

N°. XVIII.

Procès et Plaideurs.

C'EST le diable..... Je préférerois un mauvais accommodement à un bon procès. Eut-on autant d'industrie que le pere des *Figaro*, il est bien difficile de se tirer d'un procès? Il faut y laisser patte ou oreille.

LES juges sont justes; mais comment faire pour arriver jusqu'au tribunal?... Les chemins qui y conduisent sont garnis d'huissiers, d'agioteurs, de clercs, de procureurs, &c. &c. ... Il faut ouvrir sa bourse en passant, il faut jetter de l'or; si on a beaucoup d'argent cela ne fait qu'embrouiller l'affaire, si on en a pas cela la recule, ou plutôt la laisse-là. ... *Pauvres plaideurs prenez patience.*

SUBLIME Racine! tes tragédies sont pleines de génie... Ta comédie des Plaideurs est remplie de vérité ! toi qui fais courir les François dans ce *monstre d'architecture* (*) ! toi qui fais tous les jours applaudir *Bride-Oison !* Plaisant Beaumarchais, tes plaisanteries sont vraies, tu fus jadis plaideur.

LA salle du palais est remplie de gens sans aveu, qui ne sont ni avocats, ni procureurs, ils n'en ont que le costume. Ces misérables écrivains offrent leur service à un plaideur étranger, et lui donnent des conseils; cette ressource leur fourni des alimens; mais n'est d'aucun avantage pour le plaideur. C'est une fraude qu'on devroit punir.

(*) C'est dans ce siecle... Oui, il n'y a pas dix ans, que le théatre des François est construit. Cependant on ne peut rien voir de plus mal bâti... Je m'en rapporte là-dessus à tous les gens de goût.... Architectes, parlez ! est-ce là un théatre ?... parcourez l'Italie, et vous trouverez des modeles.

N°. XIX.

Lotterie.

C'EST l'espoir des sots, et le coup de mort du pauvre. Sur un qui gagne, deux-cents s'y ruinent.

QUELQUES filoux se sont avisés par fois de contrefaire les billets de lotterie, et de les colporter dans les rues pour les vendre. J'ai vu un arrêt du Châtelet qui condamnoit un de ces escrocs aux galeres.

D'AUTRES frippons abusent de la crédulité du peuple, et c'est la lotterie qui leur fournit ce moyen : ils vendent des numéros, on court chez eux comme chez les sibylles, on donne son argent..... Qu'y gagne-t-on ? ..... Rien.

N°. X X.

Mendians.

LA mendicité est défendue à Paris et dans toute la France; le but de cette loi est de purger les villes et les campagnes de cette foule de fainéans et de voleurs qui courent l'Italie. Malgré cette loi, il y a beaucoup de gens qui mendient à Paris; les aveugles y sont autorisés, et cela est très-juste : mais il y a une espece de pauvres honteux qui vous accostent dans les églises et dans les promenades, et qui vous font un récit de misere pour vous attendrir. D'autres envoient leurs enfans dans différentes maisons, ils s'y présentent un billet à la main; ces lettres qui ont toutes la même tournure, font le portrait d'un état si déplorable, qu'on se voit forcé de délier les cordons de sa bourse et de donner la piece.

TOUS ceux qui font cet *état* jouent la comédie, on ne peut pas mieux : ils surpassent certainement en éloquence et en pantomime, nos auteurs et nos acteurs dramatiques, mais ce n'est pas beaucoup dire.

LA police veille exactement sur cette espece de commerce illicite ; cependant il y en a beaucoup qui échappent aux surveillans, et cela, parce que ce sont des *mouchards* (*) qui font quelquefois les mendians, et qui jouent les rôles de pauvre honteux.

IL y a des pauvres de ce genre qui sont très-dangereux, parce que sous le prétexte de mendier, ils s'introduisent dans les maisons où ils pillent et volent, lorsqu'ils n'y trouvent que des enfans ; d'autres n'y vont que pour sonder le terrein et reconnoître le

(*) C'est ainsi qu'on appelle à Paris les espions de la police.

l'local pour y venir faire main basse dans la nuit.

L'HOMME charitable est très-embarrassé pour donner des secours à la portion de l'humanité qui souffre réellement, cela ne doit pourtant pas empêcher de faire l'aumône, car il vaut mieux courir le risque d'être quelquefois dupe d'un sol, que de refuser des secours à un homme qui est vraiment nécessiteux.

QUELQUES scélérats ont osé plus d'une fois prendre des habits d'ecclésiastique, pour se présenter chez différens particuliers comme des vicaires ou curés qui ramassent la charité pour soulager les orphelins, les malades et les prisonniers. On en a arrêté en 1785 qui avoient l'habit des *Mathurins*, et qui mendioient pour les captifs.

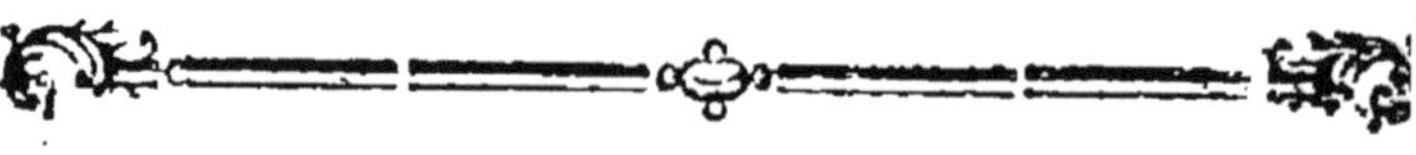

N°. XXI.

Guérisseurs.

GARÇON *apothicaire*, *carabin*, *vieille garde malade*, ce sont des titres pour voir des malades à son compte, prendre leur argent, les endormir, et les envoyer *ad patres*. Joignez, à ces ignorans affamés, des imposteurs brevetés par la société de médecine (en payant, s'entend); ces charlatans font courir des commissionnaires qui jettent des adresses, et qui prennent les passans par le colet pour les forcer de prendre le petit imprimé. .... Pauvres malades! comme on vous trompe.

ON a beau être homme de bon sens, il est bien difficile de distinguer à Paris le charlatan du médecin, mais cela vient de ce que l'un et l'autre sont plus d'une fois sous la même perruque.

IL y a plus de quinze mille personnes à Paris qui se donnent pour médecins, et qui n'ont d'autres patentes qu'un vieux habit noir, une perruque à quatre-vingt et dix-neuf boucles, et un bâton de six pieds de long. Ces médecins traitent non-seulement le bas peuple, ils ont quelquefois de bonnes pratiques; s'ils gagnent heureusement la confiance d'un grand, leur fortune est faite, on les prône par-tout, ils ne tardent pas à ramasser de quoi acheter une charge de médecin (*).

IL n'est pas du tout étonnant qu'il y ait autant de gens qui se mêlent de l'art de guérir, puisque dans cet état tout est profit: un carabin dépense pour douze sols de mercure, et le laquais qui l'avale lui donne au moins douze livres.

(*) Quelques lecteurs auront peine à croire qu'il y a des charges de médecin; cela est pourtant vrai, un savetier qui gagne à la lotterie peut être le lendemain médecin de prince..... Oui, lecteur, il y a des charges de médecin.

DES guérisseurs d'une espece très-singuliere sont ceux qui guérissent par des paroles, qui font porter des amulettes, qui ne font que des signes pour faire disparoître un mal quelconque : on sent très-bien que cette médecine ne peut être qu'une imposture, cependant il y en a plus d'un qui fait fortune. L'homme est amateur du merveilleux, et ce qui l'entraîne encore plus à donner dans les erreurs de ce genre, c'est qu'il dit en courant au remede, *s'il ne fait pas de bien, je sais sûr qu'il ne fera pas de mal*, ce raisonnement est cependant bien absurde, car si on est incommodé, et qu'on ait besoin de médicament, ce n'est pas à un remede inutile qu'il faut recourir, puisque pendant ce tems d'inaction la maladie peut devenir plus grave et même incurable.

MALGRÉ le grand nombre d'imposteurs qui abondent dans la capitale, les malades peuvent y trouver de grands secours. Les médecins n'y sont pas, à la vérité, les plus doctes de l'univers ; mais l'école de chirurgie l'emporte sur toutes celles de l'Europe.

N°. XXII.

Académie de jeux.

Les grands jouent par ton, et les petits jouent par besoin : on voit par-là que les premiers sont souvent dupes, et les derniers très-rarement honnêtes joueurs.

Le jeu est une ressource pour beaucoup de malheureux qui, sachant se contenter d'un gain modique, saisissent l'à-propos et se retirent ; mais il est aussi la perte d'un grand nombre de jeunes étourdis qui sacrifient à cette funeste passion leur famille, leur état et leur santé. Ce sont les joueurs qui nourrissent les *filles* et les prêteurs sur gage.

Les académies de jeu sont sans cesse surveillées par la police, les *grecs* n'ont pas toujours le loisir d'y faire leurs tours de passe passe ; mais ils ont des endroits particuliers où ils se dédommagent bien amplement. . . . Un provincial arrive-t-il à Paris ? Il trouve par-tout des officieux qui lui proposent de l'introduire dans *une bonne société* : on lui fait observer qu'un homme, qui connoît une fois Paris, trouve tous les jours un dîner sans débourser un sol. Enfin on séduit le nouveau débarqué, on l'emmene à l'heure du dîner chez une *fille* qui se donne les airs d'une baronne : le provincial y est très-bien reçu sous les auspices de son conducteur qui s'y qualifie de gentilhomme, ainsi que tous ses associés. On sert le dîné, grand festin. . . . Un quidam propose après le repas une petite partie. . . . . La maîtresse du logis veut avoir le nouveau venu de son côté. . . . La partie s'engage. . . L'homme de province perd son argent, et quelques louis que lui avance la fausse baronne. . . . Enfin la dupe ne s'apperçoit de la fraude, que lorsque son pere lui écrit de *Limoge* qu'il n'a plus d'argent à lui envoyer.

DANS les cafés à Paris, on ne joue qu'au

domino, aux *dames* et aux *échecs* : il n'y a point de filouteries à craindre aux deux derniers ; mais le *domino* est susceptible de fraude qu'on évite cependant en faisant attention à son jeu, et en faisant souvent changer les dés : je connois des joueurs qui connoissent, sans tourner le dé, tous les dominos du café qu'ils fréquentent.

LE billard n'est guere en usage que parmi les garçons perruquiers ; quoiqu'on lise sur la porte *billard bourgeois* écrit en très-grosses lettres, ces *cavernes* ne sont fréquentées que par des laquais, des escrocs et des ouvriers fainéans et sans place.

LES jeux de paume sont fréquentés par des gens du bon ton, l'adresse y est le seul vainqueur.

N°. XXIII.

Voir sa bonne fortune dans les cartes.

LA crédulité est de tous les états et de toutes les conditions. La marquise court chez la *tireuse de cartes* comme la marchande d'allumettes ; la sibylle empoche l'argent de la noblesse et celui de la roture.

IL y a des gens à Paris qui n'ont d'autre état que celui d'exercer ce genre de magie ; ils logent dans des greniers où la police fait quelquefois la visite, et alors le magicien ou la magicienne sont conduits à Bicêtre.

ON prédit l'avenir avec des cartes ; mais on le fait encore de plusieurs autres manieres. Quelques personnes se flattent de connoître ce qu'on a fait et ce qu'on fera, en jetant leurs regards sur du marc de café épars dans une assiette : d'autres se servent du plomb fondu : enfin il n'y a pas de ressorts qu'on ne fasse mouvoir pour profiter de l'ignorance ou de la bonne-foi des hommes.

QUE vous apprennent ces magiciens? Rien... Ils disent tant de choses au sot qui les consulte, qu'ils finissent par deviner quelque chose (*).

LE bas peuple ne court pas seul à ces oracles ridicules, c'est aussi le foible de quelques femmes du haut rang : d'où vient cela.... oisiveté, vice d'éducation, défaut d'instruction, &c. &c.....

(*) On peut ranger dans cette classe méprisable les médecins d'urine ; cependant ces ignorans font tous fortune. Hélas ! nous retombons dans l'erreur ; nous baissons de nouveau le front devant le charlatanisme et la superstition.... La *sympathie* devient à la mode : on en revient aux rêves de *vanhelmont :* on guérit tout, on vend même l'immortalité.... Que sommes-nous devenus ?

N°. XXIV.

La sibylle savante.

POUR amuser les curieux, un *grippe sôl* promene dans les rues de Paris une statue de bois, à qui il a donné le nom de sibylle savante. Cette statue ne se dévoile qu'à ceux qui donnent deux sols ; elle répond à toutes les questions qu'on veut lui faire: comme elle ne parle pas, elle remue la tête de façon qu'elle gesticule un oui ou un non. Elle dit l'heure qu'il est à une montre sans la voir; alors pour se faire entendre, elle frappe d'un marteau sur un timbre placé à côté d'elle. Tout cela n'est qu'une plaisanterie, et l'on n'a pas besoin d'être sorcier pour découvrir l'agent de cette *magie blanche*; mais ce qui m'étonne, c'est qu'on permette à cette sibylle d'insulter aux mœurs et à la pudeur; cette magicienne de bois, ou plutôt son maître impertinent se permet de décider si les demoiselles de la compagnie sont vierges ou non ; le signe de la muette sibylle qui veut presque toujours dire non, fait rire toute l'assemblée ; la pauvre fille rougit et regrette d'avoir donné deux sols pour se faire insulter. Ce genre de spectacle peut être lucratif ; mais est-il honnête ?

N°. XXV.

Liards blanchis.

LE liard et les pieces de douze sols sont à-peu-près de la même largeur. Un liard, qui est usé, et qui n'a plus de marque, passeroit facilement pour douze sol, s'il étoit blanc. Aussi quelques escrocs blanchissent les liards avec du mercure ou une autre composition, et les donnent dans le public pour une piece de douze sols.

ON fait quelquefois la même fraude avec des pieces de deux liards, qu'on substitue aux pieces de vingt-quatre sols. Il faut toujours regarder la monnoie de près, celui qui vous la donne peut avoir été trompé, et vous tromper ensuite sans le savoir.

UNE sentence du Châtelet a condamné derniérement un faussaire de ce genre aux galeres. Tous ceux qui sont pris en fraude sont punis très-séverement : ce crime est en effet un des plus graves (*).

(*) Oui des plus graves, en ce que ce brigandage s'exerce principalement à l'égard de la classe du peuple la plus pauvre. Un ouvrier souffre plus de douze sols qu'on lui dérobe, qu'un financier d'une somme conséquente.

N°. XXVI.

Singulier commerce.

SUR le Pont-Neuf, tout près de la Samaritaine, sont placés des marchands de chien qui vous vendent pour une bête de six mois, un chien qui n'a tout au plus que trois jours. Les femmes ont la rage des petits chiens, le plus cher n'est pas celui qui est le plus beau, c'est le plus mignon : un amant s'empresse d'employer vingt louis à un petit chien, parce qu'il sait que des cadeaux de cette espece conduisent loin. . . . Un chien, s'il est rare par son poil ou sa taille, est un objet vraiment chéri ; la française, quoique légere aime toujours son petit chien ; on congédie un amant, on perd un ami, on se sépare d'un parent, ce sont des riens auxquels on se résigue avec héroïsme ; mais *pyrame* (*) a-t-il la moindre incommodité ?

(*) C'est le petit chien de madame. Les

c'est une vive alerte dans la maison, le mari est forcé de décamper à sa terre, les valets sont chassés, tous les courtisans sont occupés à courir Paris pour invoquer et payer l'art de *Lyonnois* (médecin de chiens); quelquefois même on consulte, pour le chien, le médecin de madame qui, pour gagner une visite, ne rougit pas de faire une ordonnance.

La plupart des marchands de chien sont toujours à l'affût de ces animaux : ils les font circuler dans leurs mains pour les vendre plus d'une fois. Ils ont toujours le soin de peigner, de tondre, même de peindre un chien volé, avant que de l'exposer sur le Pont-Neuf.

Il n'y a pas de pays où l'on soit plus curieux d'avoir des chiens qu'à Paris : quoiqu'en disent les riches, je passe cette foi-

---

chiens portent toujours des noms qui furent jadis sacrés, tantôt c'est celui d'un dieu, tantôt celui d'un empereur.....

blesse au pauvre, trop misérable pour trouver un ami dans ses semblables, il s'en console par les marques d'attachement que lui prodigue son chien fidele.

N°. XXVII.

Curiosité.

IL faut être curieux pour pouvoir s'instruire ; mais la curiosité doit avoir ses bornes. A Paris on jete journellement dans les rues des petites affiches dont le style est le plus empoulé ; les mots de *rare*, de *superbe*, d'*extraordinaire* n'y sont jamais oubliés : on vous montre un lapin pour un monstre, ou un singe pour un sauvage (*).

ON annonce un Lyonnois qui doit se

(*) J'ai vu des curieux payer pour voir un cadavre embeaumé qu'on leur disoit être celui d'une des esclaves d'un serrail turc.

J'ai vu pis que cela encore, on avoit l'impudence de faire voir sur le boulevard, [en payant, comme c'est la regle] la partie naturelle d'un homme conservée dans un flacon rempli d'esprit-de-vin. Quel spectacle pour une femme honnête !

promener et courir sur l'eau.... L'argent des billets est déja au bureau, que les curieux ne savent pas encore où est l'homme. Je crois qu'on feroit courir toute la ville pour voir la lune enchaînée dans un flacon.

POURQUOI ne pas laisser faire la premiere expérience d'un essai annoncé ? ou plutôt pourquoi permet-on la publication de l'annonce sans préalable expérience ? Cela, je pense, mérite réflexion.

N°. XXVIII.

N°. XXVIII.

Sociétés particulieres.

OUTRE les sociétés privilégiées, outre les vraies loges de francs-maçons, outre les académies patentées, outre les clubs, les musés, &c. &c. &c. il y a encore des sociétés particulieres où l'on tâche d'attirer le provincial, le parisien même, pour l'admettre (à ce qu'on lui dit) dans les secrets les plus cachés de la nature. On lui promet moyennant une petite somme de le faire franc-maçon, alchimiste, clubiste, académicien, sorcier; &c. mais le fait est qu'on n'en veut qu'à son argent, on lui escroque un festin somptueux, on l'étonne par quelques singeries, et la dépense faite, on ose encore lui dire en le bafouant qu'on s'est moqué de lui.

ON doit donc, auparavant que de se livrer à personne, considérer à qui l'on a affaire; il ne faut pas écouter ceux qui proposent de faire un franc-maçon sous la cheminée. Telle est cependant la rage du peuple, même le plus bas ; les décroteurs figurent quelquefois entr'eux une loge... le plus fin attrappe les autres et boit sans débourser un sol. (*)

Il y a des sociétés particulieres où se rassemblent des gens d'un vrai mérite, d'une exacte probité, et du rang le plus distingué ; mais ces compagnies n'admettent pas un inconnu pour un repas.

(*) Ce genre d'escroquerie est aussi connu en province : il semble que quelques hommes se fassent par-tout un plaisir d'abuser de la crédulité et de la bonne-foi ; c'est sans doute, ce qui fait qu'on n'ose plus être ce qu'on appelle une personne de bonne-foi : on se glorifie, au contraire, de passer pour grec ou pour roué. Tel est l'empire de la mode, même sur les mœurs.

N°. XXIX.

On croit acheter à bon marché, l'on se trompe.

Il n'y a pas de jours dans l'année (les fêtes exceptées), qu'il n'y ait des ventes, des encans à Paris. Les effets y sont adjugés au plus offrant, les crieurs répetent sol par sol l'augmentation de la mise, et l'huissier adjuge l'effet quand le crieur n'a plus rien à ajouter.

Quelques particuliers se rendent dans ces ventes dans l'espoir d'y faire de bonnes emplettes, et de se meubler à meilleur compte que chez le marchand. Mais il faut savoir que les juifs, les frippiers de toute espece, s'y trouvent toujours en très-grand nombre : ils couvrent continuellement la mise du bourgeois, afin que rien ne leur échappe, dussent-ils même perdre sur un effet : c'est un usage établi parmi ces coquins de ne rien laisser adjuger à un particulier, à moins qu'il ne le paie au-dessus de sa valeur. Qu'arrive-t-il de là, c'est que le bourgeois qui voit, par exemple, un effet estimé 20 liv., ajoute 20 sols ; voyant que le frippier met sur sa mise, il conclud de cette manœuvre que l'effet a toujours plus de valeur ; puisque le marchand même augmente la mise ; on ajoute des dix sols, des cinq sols, le frippier fait la même chose ; mais ce dernier se tait, lorsque l'effet est beaucoup au-dessus de sa valeur.

DES marchands frippiers m'ont assurés qu'il étoit reçu entr'eux d'agir de cette façon dans toutes les ventes ; si par hasard, l'effet reste au frippier, ils sont tous de société dans la perte. Cet usage n'a d'autre but que celui d'écarter tous les particuliers de ces ventes.

N°. XXX.

Fraudes difficiles à connoître.

POUR n'être pas trompé dans la société, il faudroit se connoître à tout ; mais il n'est pas du bon ton de donner à un jeune homme des connoissances roturieres : pourvu qu'il sache applaudir ou siffler une piece et les acteurs, c'en est assez pour un homme bien né (*).

JE vais parler d'un genre de fraudes bien difficiles à appercevoir, et qu'on ne peut guere éviter, qu'en ne s'adressant qu'à

(*) Il suffit à un homme comme il faut de savoir faire une charade, de faire tapage au théatre, de se faire chérir et détester des femmes, de faire des dettes sans jamais les payer, &c. &c. Et moi je dis que des hommes de cette espece sont précisément comme il n'en faut pas.

des négocians connus par leur probité et leur talent. L'épicerie est un commerce dans lequel un mal-honnête homme peut facilement substituer des riens à des drogues précieuses : on achete chez les droguistes le papier, la terre, la poussiere et l'eau. Un épicier pese pour deux sols de sucre, l'acheteur emporte, et paie au moins dans ce petit marché, un quart d'once de papier. La plus grande partie des drogues est falsifiée ; celles, sur-tout, qui sont cheres, sont presque toujours mêlangées et augmentées par des ingrédiens qui n'ont d'autre valeur que celle d'augmenter le poids.

CHEZ quelques apothicaires, le quina, la rhubarbe en poudre, sont mêlangés de rapure de bois quelconque. Les eaux spiritueuses sont sans force, les onguens sans vertu. &c. . . . &c. . . . . Jamais les pharmaciens ne sont d'accord entr'eux sur le prix qu'ils mettent à leurs ragoûts dégoûtans et insipides : vous payez trois livres chez l'un, ce qui ne vaut que vingt sols chez un autre : on diroit que l'élégance du docteur cuisinier, les colifichets de la docteuse qui préside au comptoir, le brillant de la pharmacie, le nombre des ouvriers, sont des raisons pour devoir augmenter le prix d'un lavement; cela en augmente-t-il la vertu? Je n'en crois rien.

QUELQUES ouvrages de chymie, la pharmacie de *Beaumé*, donnent des lumieres suffisantes pour distinguer les drogues naturelles et celles qui sont falsifiées. Comme le détail de ces connoissances exige des volumes, je renvoie le lecteur curieux de s'instruire, aux livres des chymistes.

IL en est de même pour les alliages qu'on a à craindre chez les orfêvres et les bijoutiers; le plus sûr moyen, de n'être pas trompé, est de s'adresser chez des honnêtes négocians, et il n'en manque pas dans cette capitale. Ce n'est qu'en cherchant le trop bon marché qu'on s'expose à être duppe; si l'on veut avoir du bon, il faut le payer ce qu'il vaut.

N°. XXXI.

Livres.

LES livres sont fort chers à Paris. Les bons et les mauvais se vendent ; les uns parce qu'ils sont nouveaux, les autres parce qu'ils sont utiles.

OUTRE les libraires de l'université, il y a un nombre de colporteurs qui distribuent chez les particuliers des brochures qu'ils supposent être défendues et intéressantes ; on les paie cher, et souvent le livre ne vaut pas le diable.

IL y a des bouquinistes qui ont des magasins secrets où se vendent les *Alberts*, les *Enchiridion*, les traités de *Magie*, de *Chiromancie*, d'*Astrologie*, de *Diablerie*, &c. Ils attachent un grand prix à ces riens, et le lecteur hébêté ne balance pas de payer fort cher les restes de l'ignorance et de la superstition.

perstition. Il en est de ces livres comme de quelques tableaux, le plus enfumé trouve des enthousiastes qui ne l'estiment que parce qu'il est vieux; le marchand profite de la manie. On peut ranger dans la même classe la folie des *antiques* de toute espece, les médailles, les momies, &c. Une lame rouillée se vend cent louis, si on annonce que c'étoit celle du couteau de Lucrèce.

N°. XXXII.

Ce qu'il faut être à Paris.

CELUI qui veut jouir d'un bien-être à Paris, a besoin d'être riche, ou il faut qu'il ait des talens, un métier, enfin un état.

S'IL est riche, ce n'est qu'en prenant des précautions pour conserver sa fortune, en faisant un bon usage de ses biens, en soulageant les infortunés, qu'il pourra jouir et se mériter la considération.

S'IL est artiste, il aura des mœurs, de l'économie sans être avare, ne se livrera pas aux passions dangereuses, et son état lui aura bientôt procuré l'aisance la plus honnête. Il y a peu de ville où les artistes soient plus recherchés qu'à Paris; ils y jouissent d'une grande considération. La médiocrité même y trouve des secours, en y prenant des leçons.

L'OUVRIER vit mieux qu'en province; mais il faut qu'il s'adonne au travail, qu'il ne donne pas dans les pieges de la débauche... Il faut des mœurs à Paris, ou l'on finit misérablement.

N°. XXXIII.

Différentes ressources.

SANS être riche, sans avoir un état ou un métier, on trouve des ressources à Paris : il y a nombre de personnes qui vivent dans cette capitale ; mais qui mourroient de faim en province.

1°. LES sous-journalistes, les faiseurs de cantiques et de chansons appellés *Pont-Neuf*, &c. &c.

2°. LES piliers de parterre qu'on paie pour siffler ou pour applaudir.

3°. LES empressés à conduire les étrangers dans les différens monumens qui sont à Paris.

4°. LES ramasseurs de cendres, de chiffons, de chiens ou chats morts, de bouteilles cassées. &c.

5°. LES coureurs de vente, les crieurs d'arrêt, les marchands de vers pour les pêcheurs à la ligne, &c. &c.

ENFIN, il y a un quart des habitans de Paris qui se leve le matin sans savoir où prendre le déjeûné, le dîner et autres nécessaires. Le jour s'est passé sans savoir comment, on a bien bu, bien mangé; l'on se couche sans songer au lendemain; les jours se succedent et amenent de nouvelles ressources: dans le cours d'une telle vie, on est plus d'une fois forcé de se coucher sans souper; mais l'espoir de s'en dédommager le lendemain, fait que l'intriguant s'endort tout aussi bien que l'abbé le plus plein et le mieux abreuvé.

IL seroit hors de propos de détailler tous les genres d'industrie, puisque la plupart de ces chevaliers devroient prudemment regagner leur province, et ne pas rougir de retourner présider aux travaux champêtres.

N°. XXXIV.

Avis aux étrangers.

En arrivant à Paris, on trouve dans tous les endroits ou descendent les voitures publiques, des commissionnaires qui peuvent indiquer au voyageur les meilleurs logemens : on leur demande un local suivant ce qu'on veut dépenser. Il y a dans tous les quartiers des hôtels garnis, dans lesquels on trouve de superbes logemens, et toutes les commodités possibles. Cette ville abonde en tout.

Dans tous ces hôtels le maître répond des effets qu'on dépose dans la chambre, les valets y sont fideles, les meubles propres, &c. On trouve, comme je l'ai dit ailleurs, des traiteurs qui donnent à manger à tout prix, c'est une grande commodité. Ainsi on se fait apporter sa portion dans sa chambre, et l'on vit dans la plus grande liberté.

N°. XXXV.

Amusemens. Spectacles.

LES plaisirs ne manquent pas à Paris, on en trouve suivant sa condition, son humeur et sa bourse. Promenades, jeux, spectacles et danses : il y a différentes académies dans presque tous les quartiers.

TANTÔT c'est un fameux écuyer anglois (Astley), qui se tient de bout sur un cheval qui va au grand galop ; tantôt c'est un combat d'animaux qui ne se déchirent que parce que leur maître est avare, et parce que l'horreur et la férocité sont devenus des spectacles.

VEUT-ON voir le salpêtre voltiger dans les airs, un artificier donne deux fois par semaine un rendez-vous au public, il y montre une beauté d'un moment, image de la vie de l'homme ; la poudre s'enflamme, cette jouissance n'est que l'instant du coup-d'œil ; ainsi passent les grandeurs.

UN vauxhall s'ouvre presque tous les jours pour appaiser les tourmens de l'oisiveté, et consoler la marquise de la longueur de la journée.

EST-CE le jour de l'opéra ? Déja les gardes s'assemblent, fusils chargés : on se bat au guichet pour acheter un billet : on étouffe en entrant . . . . A-t-on pris place ? Les musiciens préludent et brisent les oreilles du pauvres provincial qui se croit à la synagogue. Enfin la toile monte, les dieux paroissent tristes ou féroces, ces mêmes dieux chantent leur petit refrein ; ensuite viennent des diables, des tempêtes, des éclipses, la la foudre, et le spectateur étonné sort sans avoir rien entendu.

LE théatre français est de tous les jours ; tantôt c'est *Racine* qui est mutilé, tantôt c'est *Moliere* ; les tragédies modernes font toujours rire le public, qui par-là se trouve dédommagé du plat sérieux de quelques mauvaises comédies à la mode. On se rappelle de *Préville*, de le *Kain*, &c. &c. ... On leve les épaules, on baille, et cependant ce théatre est toujours plein.

LES Italiens (*) sont, selon moi, plus intéressans : on jouit à la comédie italienne des charmes de la musique, et les charmantes actrices, qui paroissent sur ce théatre, n'y brillent pas moins par la finesse de leur jeu, que par la beauté de leur voix. Les acteurs de ce théatre ont droit de représenter des petits opéras, des comédies,

(*) Le théatre où se représentent les petits opéras français, les comédies mêlées d'ariettes; le tout écrit en langue française; ce théatre s'appelle la *comédie italienne*. Il me semble qu'on auroit dû changer le nom de ce théatre, aussi-tôt qu'en disparurent arlequin et scaramouche. Mais tout n'est qu'habitude, peut-être nommera-t-on bientôt, les productions des *Piis* et des *Barré*, des comédies italiennes.

des drames, &c. .... On ne leur interdit que celui de faire beugler nos *sakespears* modernes.

APRÈS ces trois grands théatres, viennent ceux du Palais-Royal. Les *variétés amusantes*, qui couroient jadis la foire Saint-Germain, ont fixés le trône des *Jannot* et des *Pointus*, à l'entrée du Palais-Royal. Ce spectacle vaut quelque chose de mieux que ceux qui sont sur le Boulevard; cependant sur une bonne piece, le public est obligé d'en avaler deux cents qui n'ont pas le sens commun. Cette salle est fréquentée par la petite bourgeoisie, quelquefois la duchesse vient y applaudir le *Ramoneur prince* (*).

IL s'est élevé, depuis peu d'années, au

(*) Les entrepreneurs des variétés étoient arrierés, le hasard leur a procuré une piece qui les a relevé. Quelle est cette piece? ... Une espece de farce.... Un ramoneur qui s'habille en prince.... Un prince qui s'en amuse..... &c.....

Palais-Royal, un théatre d'un genre nouveau. Les premiers acteurs de ce spectacle furent de grandes marionnettes, ce qui leur fit donner le nom de comédiens de bois. On représentoit de petits opéras, avec ces figures qu'on faisoit mouvoir et marcher avec des fils de fer ; des personnes placées dans les coulisses parloient et chantoient pour ces nouveaux pantins ; et quelquefois un auditeur, à bouche béante, admiroit et soupiroit pour une bergere qui n'étoit autre chose qu'un morceau de bois. Le public se lassa bientôt d'un jeu de marionnettes ; le directeur adroit trouva des ressources pour le rappeller : on substitua des enfans (*) aux comédiens de bois, ces jeunes mimes attirerent une foule d'auditeurs ; mais les chanteurs du théatre italien se présenterent un privilege à la main. . . . . L'opéra du

(*) Le directeur ne devroit faire paroître sur ce théatre que des jeunes acteurs de huit à neuf ans ; il a cependant des actrices de quatorze ou quinze ans. Si c'est une fraude de sa part, le public n'en est pas fâché.

Palais - Royal fut suspendu. Comme les enfans qui paroissoient sur la scene ne chantoient pas, qu'ils n'étoient que les *pantomimes* des chanteurs placés dans la coulisse, et que par conséquent ce spectacle n'attentoit pas sur la propriété des *comédiens italiens du Roi*, l'opéra du Palais - Royal obtint une nouvelle permission. Il fut seulement défendu au directeur de ne jouer aucune piece *des italiens*, ainsi que de faire exécuter aucun morceau de musique à eux appartenans. De nouveaux poëtes se présensenterent; les compositeurs de musique vinrent de toutes parts, et ce théatre, qui est sous la protection d'un des augustes fils de son altesse sérénissime monseigneur le duc d'Orléans, est un des plus jolis spectacles de Paris. Ces jeunes mimes ont une telle adresse, que la moitié des auditeurs croit que ce sont les enfans qui parlent et qui chantent. On joue quelquefois la comédie à ce théatre, alors ce sont les enfans qui parlent, il n'y a personne dans la coulisse; apparemment que les comédiens italiens n'ont pas le privilege exclusif de déclamer, comme ils ont celui de chanter une ariette.

PASSONS au Boulevard, nous y trouvons d'abord l'ambigu comique, autrefois c'étoit des enfans qui jouoient de petites pieces sur ce théatre; maintenant ce sont des comédiens de tout âge; et ce spectacle est sans doute le meilleur des Boulevards.

VIENNENT ensuite les danseurs de corde: c'est ce qu'on appelle le théatre de *Nicolet*; outre les sauteurs, danseurs et voltigeurs, on y joue aussi la comédie. Là, l'intelligence des acteurs répond assez bien au génie des auteurs. C'est un salmigondi de dialogues qu'on ne peut nommer ni comédie, ni farce; cependant la populace court à ce spectacle.

LES comédiens français du grand théatre ont des rivaux sur le Boulevard: le porteur d'eau, le charbonnier, la ravaudeuse peuvent voir jouer *Phèdre* et *Zaïre* pour une piece de dix sols. La salle où paroît l'affamé *Orosmane*, se nomme le théatre *des associés.* Mais si le grand théatre laisse subsister ses rivaux, c'est une espece de triomphe pour lui ; les acteurs des associés sont si mauvais comédiens.

LE Boulevard du temple offre des spectacles de tout genre : outre les salles de comédie, on y trouve des escamoteurs en chambre : un aboyeur s'étouffe pour annoncer des expériences de physique, des tours de carte, &c.

UN peu plus loin, vous voyez des automates dont le méchanisme n'est pas moins ingénieux que surprenant.

LE cabinet de *Curtius* se voit de loin ; deux figures de cire sont placées à l'entrée ; des aboyeurs vous arrêtent pour vous les faire voir, et vous encouragent d'entrer en vous faisant savoir qu'on ne paie qu'en sortant. Dès que vous êtes dans ce cabinet, vous voyez des bustes de commande, ceux de quelques héros; mais ce qu'il y a d'étonnant, c'est que le buste d'un grand homme et celui d'une princesse sont à côté de celui de *Cagliostro* et celui de *Cartouche*. Les figures de *Curtius* sont belles et naturelles; il ne manque à cet homme qu'un peu plus de jugement dans l'arrangement de son cabinet.

LES animaux de l'Asie et de l'Afrique sont aussi des acteurs du Boulevard; il y a deux ou trois ménageries, où le Parisien étonné vient contempler pour deux sols le tigre et le léopard vivans renfermés dans de grandes cages de fer.

A côté de toutes les salles de spectacle sont placés des cafés, où le limonnadier qui ne vend rien de bon, vous en console par une musique bruyante, des voix enrouées et des ariettes estropiées.

TOUTES les boutiques du Boulevard du temple sont occupées par des rôtisseurs, des pâtissiers, des marchands de vin, des limonnadiers, &c...... On y paie tout plus cher qu'ailleurs, cependant rien n'y est aussi bon : mais les femmes aiment le Boulevard.

N°. XXXVI

N°. XXXVI.

Instruction.

Si les spectacles abondent à Paris, si l'oisiveté n'y manque pas de ressources pour échapper à l'ennui : d'un autre côté, l'homme qui est jaloux de s'instruire, trouve dans cette capitale des secours multipliés. Il y a peu de jours dans l'année, où l'on ne puisse entendre un professeur dans une chaire publique : on ouvre des cours en tout genre, tous les éleves sont libres de profiter des leçons des plus grands maîtres, et *gratis*. A ces monumens qui perpétuent la grandeur et la bienfesance des rois, joignez les bibliotheques publiques, vous concevrez facilement que la capitale de la France ne laisse rien à desirer aux étrangers qui s'y rendent pour leur instruction.

Nº. XXXVII.

À propos.

POUR gagner de l'argent à Paris, on fait chaque jour de nouvelles tentatives; on demande des privileges, on éleve des bureaux, &c. De toutes ces entreprises, il en résulte plus d'une fois l'utilité publique. Les fiacres, par exemple, sont d'une grande utilité, on les trouve à toute heure, et leur salaire est taxé.

IL y a des carosses de remise; celui qui veut figurer le gentil-homme, trouve une voiture à tant par jour, ou par mois: outre les chevaux, on lui loue encore des laquais qu'on costume à sa fantaisie.

UNE entreprise bien utile, est celle qui fournit à toute heure des voitures pour Versailles, et les autres endroits où va la cour: on part de nuit ou de jour, suivant la volonté des voyageurs.

UNE autre compagnie fournit aux particuliers, des voitures pour se rendre dans tous les environs de Paris, comme Saint-Denis, Vincennes, Mont-Rouge et autres endroits, à quatre ou cinq lieues de la capitale.

ON a élevé cette année (1786) un bureau pour transporter dans Paris les paquets, les balots de marchandises, les hardes, &c... ces entrepreneurs se chargent aussi de transporter les meubles dans les changemens de domiciles; ils répondent de tout ce qu'on leur confie, agrément que l'on ne trouve pas en se servant des commissionnaires qui sont aux coins des rues. Ce bureau est à-peu-près établi sur le pied de la petite poste. (*)

DE toutes ces entreprises, la plus étonnante, et la plus utile, c'est celle qui a

(*) On appelle *régie*, une société de ce genre.

trouvé le moyen de porter l'eau de la Seine dans toutes les rues de Paris. Des actionnaires ont fait élever à la barriere de Chaillot une pompe à feu; par ce méchanisme une partie de l'eau de la riviere est portée dans de grands bassins, d'où elle se distribue dans les rues, et même dans les hôtels des particuliers qui sont abonnés avec la compagnie : cette pompe fournit dans tous les quartiers une fontaine qui s'ouvre au premier signal d'incendie; tandis qu'avant cette invention les pompiers étoient obligés d'attendre la marche lente des voitures qui leur apportoient les tonneaux d'eau. Messieurs les actionnaires de la pompe à feu n'ont encore exécutés leur projet qu'en partie; ils se proposent d'élever trois pompes au tour de Paris, pour pouvoir être utiles dans tous les quartiers. On travaille déja à celle qui se bâtit près de l'hôtel des Invalides, et il y en aura encore une du côté de la Rapée. Les actionnaires des eaux, ont offerts derniérement d'assurer les maisons en cas d'incendie; ce projet, depuis long-tems en exécution à Londres, manquoit à la capitale de la France.

A Paris tout est privilege, on nétoie les rues par privilege; c'est une compagnie brévetée qui fait écorcher les chevaux. Les vuidanges sont enlevées par une compagnie qui se pique de connoissances chymiques, tous les jours amenent de nouvelles combinaisons pour nétoyer les commodités; cependant le nez le plus obstrué apperçoit les vuidangeurs à deux cents pas de son habitation.

N°. XXXVIII.

Je l'avois oublié.

PARMI les fraudes que j'ai détaillé, je ne dois pas passer sous silence ces escrocs qui n'ont d'autre état que celui de fabriquer et d'agioter des billets. Ils font des lettres de change sous la cheminée, les endossent entr'eux, et sous des noms supposés, un extérieur brillant, ils abusent plus d'une fois de la crédulité.

CES chevaliers d'industrie ont toujours des projets de commerce à proposer : ils affectent d'avoir des entreprises ; quoiqu'associés entr'eux, ils logent dans différens quartiers, ils se renvoient alternativement ceux qui veulent prendre des informations sur les billets et lettres de change. Pour s'excuser sur l'escompte exhorbitant qu'ils promettent, ils disent à ceux, qui ont la foiblesse de prendre leur papier, qu'ils ont un projet à exécuter qui doit sous peu de tems amener des millions dans leur coffre.

Nº. XXXIX.

Moyens de parvenir.

Les brigandages, qui s'exercent à Paris, sont des inconvéniens attachés à toutes les grandes villes ; avec de la prudence et de l'adresse, on est presque sûr d'éviter tous les pieges que le vice peut tendre à la bonne foi.

Paris est un séjour agréable, dès qu'on connoît tous les détours de ce labyrinte. L'homme de province, qui s'y rend pour tenter la fortune, a plus d'un chemin à suivre pour y parvenir ; le travail et la probité sont les seuls qui doivent l'y conduire ; quelques misanthropes assurent que le vice triomphe plus facilement que la vertu, et qu'il est impossible à un honnête homme de faire fortune. Cette proposition qui insulte les loix, le gouvernement et les gens en place, est de toute fausseté ; ceux

qui

qui raisonnent de cette maniere confondent, sans doute, la naissance avec le vice : parce qu'ils auront vus parvenir un roturier, ils s'écrient contre l'avancement du bourgeois, et concluent de-là que le vice triomphe ; le défaut de naissance n'est pas un vice, le roturier qui obtient une place brillante, prouve qu'il a du mérite, en déposant de la justice et de l'intégrité de ses protecteurs. J'avoue que cette regle a ses exceptions ; mais l'honnête homme fut-il quelquefois inconnu, et laissé dans l'obscurité ! qui le privera des charmes d'écouter sa conscience, et de jouir de la paix de son cœur ? La vertu, je le répete, est le seul chemin qui conduit au bonheur ; pour un vicieux qui se sera avancé, deux cents honnêtes gens sont en place.

BIBLIOTHÈQUE

N°. XL.

On est bien par-tout.

Il faut être plus adroit à Paris qu'en province, parce qu'il y a nombre de filoux. De bonnes jambes y sont de toute nécessité pour pouvoir échapper aux phaétons nombreux qui promenent à grande course les élégans oisifs de la capitale : il faut être robuste pour ne pas culbuter lorsqu'on est repoussé par un crocheteur, qui ne crie gare, que lorsqu'il vous a coudoyé : il seroit dangereux d'y avoir les oreilles délicates ; car les cris des poissardes, les hurlemens des frippiers, le bruit des voitures, auroient bientôt déchiré le timpan. (*)

(*) Le cahos, le bruit & les dangers qui sont continuels dans certaines rues de Paris, font penser aux étrangers que la capitale est un séjour où l'on ne sauroit être tranquille. Mais qu'on ne s'y trompe pas, il y a

PARMI tous ces inconvéniens, peut-on compter les agrémens attachés au séjour de Paris ? Oui, le bien y est au-dessus du mal : le riche trouve tout ce qu'il peut desirer; l'artiste ne perd jamais le prix de son travail; l'ouvrier peut s'y occuper en tout tems.

QUELQUE misanthrope que soit l'auteur du Tableau de Paris; malgré sa mauvaise humeur, cette capitale sera toujours admirée et recherchée par les autres hommes. Une police sage et bien administrée veille toujours sur tous les habitans; les loix arrachent l'innocence à la persécution. . . . . Enfin, nous sommes sous le regne de Louis XVI. (*)

---

des quartiers dans Paris, où l'on entend pas plus de bruit que dans la campagne: on n'y voit jamais les embarras des voitures, et les enfans, ainsi que les vieillards peuvent s'y promener sans danger.

(*) L'année (1786), nous avons vus la fille de Salmon, qui gémissoit depuis

ARTISTES, négocians.... revenez sur les bords de la Seine ! rapportez les arts dans la plus belle ville du monde... Qui que vous soyez, quelle que soit la croyance de vos peres, vous n'avez plus de persécution à craindre : les tems de fanatisme ne sont plus ; le parisien vit maintenant libre sous les loix les plus justes.

SI j'ai fait le détail de quelques fraudes qui peuvent se commettre à Paris, ce n'est pas dans le dessein d'en écarter les étrangers ; je desire que les charmes de la capitale ne soient inconnus à personne : je le répete, Paris a ses ressources et ses plaisirs.

---

long-tems dans ses cachots, qui avoit entendu faire les aprêts du bûcher qui devoit la consumer ; nous l'avons vu, dis-je, triompher de ses persécuteurs et de ses premiers juges ; ses malheurs ont touché le pere de la patrie, et toute la nation s'est empressée à les lui faire oublier. Tous les journaux ont publiés cette cause intéressante.

N°. XLI.

Prenez-y garde.

LE souvenir des malheurs, arrivés sur la place de Louis XV, lors du mariage de l'auguste prince régnant (Louis XVI), font que le gouvernement prend toutes les précautions possibles, pour prévenir les accidens dans les fêtes et les réjouissances publiques.

CEPENDANT il est toujours très-prudent de ne jamais s'engager dans la foule; car, une fois engagé, on n'en sort jamais sans y avoir perdu quelque chose, ou reçu quelques coups dans la mêlée.

CE numéro me conduit à parler d'une fête où tout Paris court en foule tous les étés, c'est la fête de *Saint-Cloud*; depuis le commencement du mois de septembre, il y a tous les dimanches un concours étonnant dans le parc : le jeu des eaux y est superbe ; cette fête est terminée par un feu d'artifice. La famille royale vient quelquefois embellir ces lieux par sa présence, c'est ce qui y attire la plus grande partie des habitans de Paris.

On doit imaginer que depuis le grand matin, la route qui conduit à Saint-Cloud est pleine d'allans et de venans ; ce concours dure presque toute la nuit ; tous ceux qui font cette partie de plaisir, ne font pas le voyage par terre ; comme la *Seine* vient baigner les murs de Saint-Cloud, il y a un grand nombre de *batelets* qui partent de Paris chargés. Je vais peindre les dangers qu'on court dans le voyage par eau et le voyage par terre ; je donnerai aussi les moyens de faire cette promenade intéressante sans s'exposer en aucune maniere.

Voyage par terre, on trouve différentes voitures qui font tout le jour le voyage de Paris à Saint-Cloud ; d'abord il y a les voitures de la banlieue, on paie trente sols par place, et autant pour le retour : il n'y a aucun danger à courir, en faisant le voyage de cette maniere; mais le peuple de Paris a la manie de s'entasser sur des charrettes, qui ne sont ni sûres ni solides; comme cette méthode est la plus économique, les accidens qui arrivent tous les jours n'en dégoûtent pas les Parisiens curieux et imprudens : ils se jauchent quinze ou seize sur une charrette qui amene du fumier toute la semaine; le charrettier gauche et grossier, ne sachant pas éviter les autres voitures, en reçoit souvent des contrecoups qui culbutent son *rossin* et ce qu'il traîne; d'autrefois c'est l'essieu de la vieille charrette qui se casse; enfin, de façon ou d'autre il y a tous les dimanches de l'ouvrage taillé pour les chirurgiens.

Voyage par eau. Le plus sûr est de ne s'embarquer que par les *galiottes* qui partent deux ou trois fois par jour; car les petits bateaux sont très-dangereux à cause du grand nombre de gens qui s'y entassent.

Les Parisiens sont si singuliers, que le dimanche matin, près du Pont-Royal on place des sentinelles pour leur empêcher de se jetter dans la Seine, en voulant s'embarquer pour Saint-Cloud ; sans la garde, les bateaux s'enfonceroient au port même, le Parisien est aveuglé par le desir de courir à Saint-Cloud ; les soldats sont obligés de distribuer des bourrades aux badauds pour les empêcher de se noyer ; la garde ne laisse entrer dans chaque bateau que quinze ou seize personnes, quoiqu'il y en ait déja six de trop, on entend le peuple pleurer en criant qu'il veut aller à Saint-Cloud : il y a une si grande confusion dans l'embarquement, qu'il y a toujours quelqu'un qui tombe dans la *Seine* ; cependant cela ne dégoûte personne. J'invite tous les étrangers à ne pas se trouver dans ces bagarres : si on ne prend pas la galiotte, le plus sûr est d'aller à pied, ou de se servir des voitures de la banlieue.

N°. XLII.

Qu'en dira-t-on.

OUTRE les journalistes, (*) dévorans affamés de littérature, il se trouvera beaucoup de gens qui déchireront sans pitié le petit ouvrage que je donne au public ; ce n'est pourtant pas ce qui m'engage à garder l'anonyme ; si je pensois que mon nom dût rendre ce livre de plus grande utilité, je l'exposerois sans balancer à la critique la plus mordante.

LES plus intéressés à dénigrer ce manuel, sont quelques marchands qui voudroient

(*) Les journalistes ont beau déclamer dans leurs extraits : on ne les écoute plus ; ils injurient les gens de lettres, sans que ceux-ci se donnent la peine de répondre. Leur emploi se réduit maintenant à servir d'aboyeurs aux marchands de livres. . . . .

exercer leur brigandage dans l'ombre du secret. Des cabaretiers, des frippiers s'écrieront que je ne suis qu'un calomniateur; je ne leur répondrai pas le mot; mon livre est fait : celui, qui se conduira d'après les vérités que j'y dévoile, me rendra sans doute justice, et l'estime d'un honnête homme peut amplement me payer de mes travaux.

CEUX qui trouveroient cet ouvrage trop laconique, se convaincront, en le lisant exactement, que je n'y ai pourtant rien omis de tout ce qui peut être utile à celui qui veut habiter à Paris : de plus un ouvrage plus étendu seroit d'une moindre utilité, en ce qu'il seroit plus coûteux, et par conséquent moins à porté de tout le monde. (*)

(*) Ceux qui auront besoin de plus amples instructions sur Paris, pourront les trouver dans le Tableau de Paris de M. Mercier; mais tout le monde ne peut pas acheter un

Le style sera le morceau délicat où s'attacheront quelques rongeurs littéraires ; il est mal écrit, dira-t-on ; quelle horreur !.... Je réponds à ces messieurs, que la sublimité du style n'est pas plus nécessaire dans ce manuel que dans un livre de *géographie* ; ceci n'est qu'une brochure pour les voyageurs, et non pas un ouvrage de littérature.

Enfin, on dira beaucoup de choses que je n'entendrai pas ; le livre n'en sera pas moins utile : on aura beau faire, on ne m'enlevera jamais la douceur que je ressentois en l'écrivant ; le desir d'être utile a guidé ma plume, et cet espoir fait toujours mon bonheur.

On pourra trouver quelques numéros

---

ouvrage d'un louis ou de dix-huit livres. On trouve dans ce manuel les choses les plus nécessaires ; ainsi chacun pourra, pour une somme modique, prendre toutes les instructions utiles à un étranger qui veut rester quelques tems à Paris.

qui n'exposent pas assez la matiere dont ils traitent; mais cela n'arrive que lorsque d'autres numéros ont rapport au même sujet : ainsi, l'on trouve dans des numéros ce qui manque dans d'autres. Fraudes, industrie, ressources, amusemens, instructions, tout est détaillé dans cet ouvrage; de façon qu'il enseigne non-seulement à éviter les brigandages de toute espece, mais encore à trouver des ressources dans la capitale.

BIBLIOTHÈQUE NATIONALE R.F. IMPRIMÉS

FIN.

TABLE

Des Matieres contenues dans les Numéros Parisiens.

Fin de la Table.

BIBLIOTHÈQUE NATIONALE IMPRIMÉS

www.ingramcontent.com/pod-product-compliance
Ingram Content Group UK Ltd.
Pitfield, Milton Keynes, MK11 3LW, UK
UKHW020348230726
13925UKWH00003B/1020